Duke ecur nëpër Xhungël

Walking through the Jungle

Mantra Publishing
5 Alexandra Grove
London N12 8NU
http://www.mantrapublishing.com

First published in Great Britain in 1997 by Barefoot Books Ltd
First dual language edition published in 2001 by Mantra Publishing

Duke ecur nëpër Xhungël

Walking through the Jungle

Illustrated by Debbie Harter

Albanian translation by Bardha Stavileci

mantra duets

Duke ecur nëpër xhungël.

Walking through the jungle,

Çka sheh?

What do you see?

Më duket se e shoh një luan,
duke më ndjekur.

Duke ndenjur pezull në oqean.

Floating on the ocean,

Çka sheh?

What do you see?

Më duket se e shoh një balenë,
duke më ndjekur.

Duke u ngjitur në male.

Climbing in the mountains,

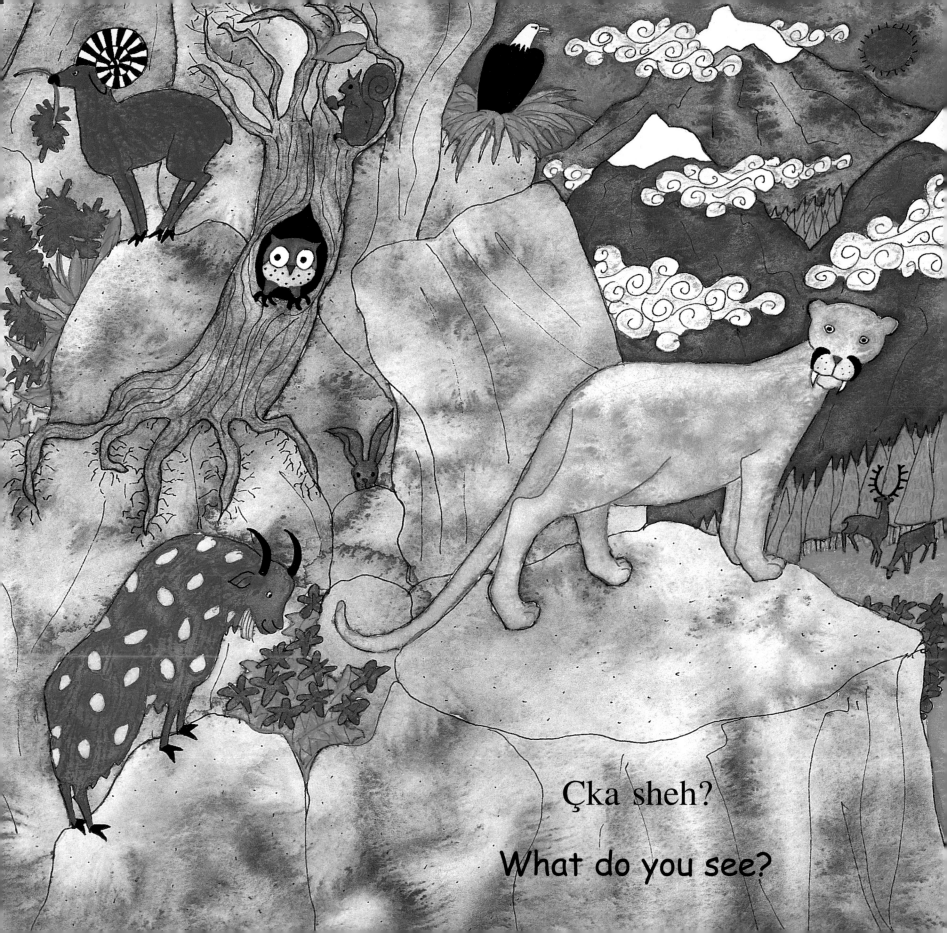

Çka sheh?

What do you see?

Më duket se e shoh një ujk,
duke më ndjekur.

Duke notuar në lumë.

Swimming in the river,

Çka sheh?

What do you see?

I think I see a crocodile, chasing after me.

Snap!

Haam,

Haam!

Më duket se e shoh një krokodil,
duke më ndjekur.

Duke ecur nëpër shkretëtirë.

Trekking in the desert,

Çka sheh?

What do you see?

Më duket se e shoh një gjarpër,
duke më ndjekur.

Duke rrëshqitur në akullnajë.

Slipping on the iceberg,

Çka sheh?

What do you see?

I think I see a polar bear,
chasing after me.

Growl!
Gërhh,
Gërhh!

Më duket se e shoh një ari të bardhë,
duke më ndjekur.

Me vrap në shtëpi për darkë.

Running home for supper,

Ku ke qenë?

Where have you been?

Kam qenë rreth botës dhe jam kthyer mbrapa.

I've been around the world and back,

Edhe qëlloje se çka kam parë.

And guess what I have seen.